L'ENNEMI

Erich Maria Remarque, né Erich Paul Remark, est un écrivain dont le livre *À l'ouest, rien de nouveau*, roman pacifiste sur la Première Guerre mondiale, connut, dès sa parution en 1929, un succès international retentissant et reste un ouvrage phare sur la « Grande guerre ». Né en Allemagne en 1898, Remarque s'exila en Suisse puis aux États-Unis où il obtint la nationalité américaine en 1947. Il est décédé à Locarno en 1970.

Paru dans Le Livre de Poche :

À L'OUEST RIEN DE NOUVEAU

LA NUIT DE LISBONNE

ERICH MARIA REMARQUE

L'Ennemi

NOUVELLES TRADUITES DE L'ANGLAIS (ÉTATS-UNIS)
PAR FRÉDÉRIQUE CAMPBELL-NATHAN

LE LIVRE DE POCHE

Titres originaux :

THE ENEMY
JOSEF'S WIFE
WHERE KARL HAD FOUGHT
THE STRANGE FATE OF JOHANN BARTOK
ANNETTE'S LOVE STORY
SILENCE

Cet ouvrage a paru en 1994 aux éditions Stock sous le titre *La Femme de Josef.*

ISBN : 978-2-253-17742-5

L'ennemi

Quand je demandai à mon camarade de classe le lieutenant Ludwig Breyer ce qui l'avait frappé le plus pendant la guerre, je m'attendais à entendre parler de Verdun, de la Somme ou des Flandres. Mais voici ce qu'il me raconta :

La plus durable sinon la plus frappante de mes impressions naquit pendant un séjour de repos, dans un petit village français, loin du front. Nous venions d'un secteur très dur, où les bombardements avaient été d'une violence extrême, et nous nous étions repliés plus loin que d'habitude : la compagnie avait beaucoup souffert, et nous avions besoin de nous requinquer.

C'était une splendide semaine d'août, un merveilleux été de la Saint-Denis, et il nous montait à la tête comme le vin doré et généreux que nous avions trouvé dans une cave en Champagne. On nous avait épouillés ; certains s'étaient même procuré du linge propre ; les autres faisaient bouillir leurs chemises sur de petits feux ; il régnait partout une atmosphère de propreté – dont la magie ne peut être sensible qu'à un soldat couvert de boue –, chaleureuse comme les samedis soir des lointains jours de paix, lorsque, enfants, on nous lavait dans la grande baignoire et que Mère sortait du placard le linge immaculé, sentant l'amidon, le dimanche et le gâteau.

Tu sais, bien sûr, que je ne brode pas en disant que je sentais cet après-midi déclinant couler dans mes veines, puissant et doux. Les soldats ont une perception très particulière de la nature. Les milliers d'inhibitions, les barrières et les contraintes s'évanouissent devant la dure, la terrible existence aux frontières de la mort ; et aux minutes, aux heures de répit, pendant les jours de repos, l'idée de *vie*, le simple fait d'être toujours là, de s'en être tiré, se transforme en pure joie de pouvoir regarder, respirer et bouger librement.

Un champ dans la lumière du couchant, les ombres bleues d'un bois, le froissement d'un peuplier, le flot limpide des cours d'eau sont alors une jouissance indicible ; il s'y cache, lovée comme un fouet, incrustée comme une épine, la douleur aiguë de savoir que dans quelques heures, dans quelques jours, il faudra abandonner tout cela une fois de plus pour les paysages flétris de la mort. Et cette sensation, si bizarrement composée de bonheur, de souffrance, de mélancolie, de peine, de désir et de désespoir, est éprouvée par tous les soldats au repos.

Après le dîner, j'allai faire avec mes camarades une courte promenade en dehors du village. Nous parlions peu ; parfaitement heureux pour la première fois depuis des semaines, nous nous chauffions aux rayons obliques du soleil qui nous frappaient en plein visage. Nous parvînmes ainsi à une petite fabrique nue au milieu d'un vaste enclos, autour duquel étaient postées des sentinelles. La cour était remplie de prisonniers attendant leur transfert en Allemagne.

Les sentinelles nous laissèrent entrer sans façon, et regarder librement autour de nous. Plusieurs centaines de Français étaient regroupés là, assis ou couchés, fumant, bavardant ou sommeillant. Ce fut une révélation pour moi. Jusque-là, je n'avais eu que de brefs aperçus – isolés, irréels – des hommes qui occupaient les tranchées d'en face. Un casque, peut-être, dépassant un instant du parapet ; un mouvement de bras, à peine entrevu ; un morceau de tissu gris-bleu ; une silhouette qui surgissait – presque des abstractions, tapies derrière le feu des armes, les grenades et les enchevêtrements de fil barbelé.

Là, pour la première fois, je voyais une foule de prisonniers, assis, allongés, en train de fumer – des Français sans armes.

Le choc fut brutal ; puis je ris de ma naïveté. J'étais choqué que ce soient des hommes comme nous. Mais le fait est – Dieu sait pourquoi – que je n'y avais jamais pensé auparavant. Les Français ? C'étaient des ennemis à abattre, parce qu'ils voulaient détruire l'Allemagne. Mais ce soir d'août, je découvris le sinistre secret de la magie des armes. Les armes transfigurent les hommes. Et ces garçons inoffensifs, ces ouvriers, manœuvres, commerçants, collégiens, si tranquilles et si résignés, une arme pouvait les transformer en ennemis sur-le-champ.

À l'origine, ce n'étaient pas des ennemis ; pas avant qu'on ne les arme. Cela me donna à réfléchir, tout en sachant que ma logique n'était peut-être pas des plus orthodoxes. Mais l'idée me vint que la guerre nous avait été imposée par les armes. Il y en avait tant de par le monde qu'elles finissaient par dominer les hommes et les dresser les uns contre les autres…

Et bien après, dans les Flandres, j'eus la même impression : pendant que la bataille des explosifs faisait rage, les hommes ne servaient plus à rien. Les explosifs se jetaient les uns contre les autres dans un acharnement furieux. On ne pouvait s'empêcher de penser qu'une fois anéanti tout ce qui s'interposait entre elles, les armes continueraient seules jusqu'à la destruction du monde.

Mais dans cette cour d'usine, je ne voyais que des hommes comme nous. Et pour la première fois, je comprenais que c'étaient des hommes que nous combattions ; des hommes, ensorcelés comme nous par des armes et des discours musclés ; des hommes avec des femmes, des enfants, des parents, des vocations, et qui, peut-être – si cette suggestion me venait d'eux –, s'éveillaient et ouvraient aussi les yeux en ce moment même, en se demandant : « Frères, que faisons-nous ici ? À quoi rime tout cela ? »

Quelques semaines plus tard, nous étions revenus dans un secteur très calme. La ligne française se trouvait assez près de la nôtre, mais les deux positions étaient bien défendues, et il ne se passait pratiquement rien. À sept heures pile du matin, on échangeait quelques coups de feu en guise de bonjour ; à midi, un bref salut, et, à la tombée de la nuit, la bénédiction habituelle. Nous prenions des bains de soleil devant nos tranchées, et nous nous hasardions à ôter nos godillots le soir pour dormir.

Un jour, de l'autre côté du no man's land, surgit au-dessus du parapet un panneau avec cette inscription : « *Attention!* » Comme tu peux l'imaginer, nous sommes restés interdits. Réflexion faite, nous l'avons interprétée comme un avertissement : il y aurait un mitraillage en sus du menu habituel. Nous nous sommes préparés à disparaître dans les tranchées au premier coup de feu.

Mais rien ne troubla le silence. Le panneau se volatilisa. Quelques instants plus tard apparut une pelle, sur le tranchant de laquelle on apercevait un grand carton de cigarettes. Un camarade possédant quelques notions de français écrivit au cirage « *Compris* » sur le dos d'une boîte en carton que nous brandîmes. Les types d'en face firent des signaux avec leur carton de cigarettes. Nous de même avec notre boîte. Un morceau de tissu blanc apparut.

En toute hâte, nous saisîmes la chemise du caporal Bühler, qu'il avait posée sur ses genoux pour s'épouiller, et nous l'agitâmes.

Au bout d'un moment, le tissu blanc d'en face s'éleva et un casque se montra. Nous agitâmes la chemise plus énergiquement, jusqu'à évacuation complète des poux. Un bras se dressa avec un paquet. Puis un homme émergea lentement des fils barbelés ; il rampa vers nous sur les mains et sur les genoux, remuant de temps à autre un mouchoir et riant d'excitation. Au milieu du no man's land, il s'arrêta et posa son paquet. Il le désigna à plusieurs reprises, rit, fit signe, et rebroussa chemin.

Nous étions complètement surexcités. Au plaisir presque enfantin d'enfreindre un interdit et de narguer les autorités, au simple et primitif désir de s'emparer des bonnes choses placées devant nous, se mêlait une bouffée de liberté, d'indépendance, de triomphe sur le mécanisme de la mort. J'éprouvai la même sensation qu'au milieu des prisonniers, comme si quelque chose d'humain avait réussi à jaillir du concept vide d'« ennemi », et je voulais contribuer à cette victoire.

Nous rassemblâmes précipitamment quelques cadeaux, de piètres présents en vérité, car nous avions beaucoup moins à offrir que les gars d'en face. Puis nous renouvelâmes nos signaux avec la chemise et reçûmes la réponse attendue. Je grimpai péniblement ; ma tête et mes épaules étaient dégagées. Je t'assure que j'ai passé un sale quart d'heure, là-haut sur le parapet, sans protection.

Et je fonçai droit devant moi ; un changement complet s'opérait dans mes pensées, comme sous l'effet d'une brusque marche arrière. Dans l'étrangeté de la situation, une joie intense, exubérante, me gagnait ; heureux et hilare, je me faufilai à quatre pattes vers l'autre côté. Et je connus un extraordinaire instant de paix – une paix solitaire, intime, régnant sur le monde entier rien que pour moi.

Je posai mes paquets, ramassai les autres et m'en retournai. La paix s'effondra. Je sentis à nouveau des centaines de canons de fusil braqués dans mon dos. Une peur terrible m'envahit, la sueur ruisselait de mon corps comme l'eau d'une source. Mais je regagnai la tranchée indemne, avant de m'étendre, hors d'haleine.

Le lendemain j'étais suffisamment habitué au manège ; nous le simplifiâmes, en sortant de nos tranchées non plus l'un après l'autre, mais simultanément. Comme deux chiens détachés de leur chaîne, nous rampions l'un vers l'autre, et nous échangions nos cadeaux.

À notre premier face-à-face, nous ne nous adressâmes qu'un sourire gêné. L'autre type était un jeune homme comme moi, dans les vingt ans. Son visage respirait le plaisir de faire une bonne blague. « *Bonjour, camarade* », dit-il ; mais ma surprise fut telle que je répondis : « *Bonjour, bonjour* », le répétant deux, trois fois, avant de hocher la tête et de rebrousser promptement chemin.

Nous avions une heure de rencontre précise, et les signaux préliminaires furent abandonnés, chaque camp respectant le traité de paix non écrit. Et une heure plus tard, nous nous canardions. Un jour, avec une légère hésitation, l'autre type me tendit la main et je la pris. Ça faisait drôle.

À l'époque, des incidents similaires se produisaient à divers endroits du front. Le Haut Commandement en avait eu vent, et avait déjà donné des ordres pour que ce genre de choses soit formellement interdit ; à plusieurs reprises, le cours des hostilités s'en était trouvé perturbé. Mais cela ne nous inquiétait guère.

Un commandant vint sur le front pour nous sermonner. Plein de zèle et d'énergie, il nous annonça son intention de rester en première ligne jusqu'à la tombée de la nuit. Malheureusement, il prit son poste près de notre point de sortie, et demanda un fusil. C'était un très jeune commandant, avide d'action.

Nous ne savions pas quoi faire. Il était impossible d'envoyer un signal aux types d'en face ; de plus, nous pouvions être fusillés séance tenante pour relations avec l'ennemi. La petite aiguille de ma montre avançait lentement. Il ne se passait rien, et l'on pouvait presque croire que tout irait bien.

À n'en pas douter, le commandant était simplement au courant de la fraternisation générale qui se produisait partout sur le front, mais ne savait rien de précis sur nous ; c'était pure malchance s'il était arrivé à ce moment-là dans nos lignes, et avec cette mission.

Je me demandai si j'allais lui dire : « Dans cinq minutes, un homme de là-bas va venir. Nous ne devons pas tirer ; il nous fait confiance. » Mais je n'osai pas ; et de toute façon, à quoi cela aurait-il servi ? Si je parlais, le commandant risquait de rester là, alors qu'il pouvait encore partir. En outre, Bühler me raconta à l'oreille qu'il avait rampé derrière un parapet, et fait avec son fusil un « wash-out » (c'est ainsi qu'on signale une cible manquée sur un champ de tir) ; ils avaient répondu. Ils avaient compris le message.

Heureusement, le temps était couvert ; il pleuvait un peu, et la nuit tombait. L'heure de notre rencontre était déjà passée d'un quart d'heure. Nous commencions à respirer. Soudain, mes yeux s'écarquillèrent ; ma langue se dessécha ; je voulus crier, et j'en fus incapable ; paralysé et horrifié, les yeux fixés sur le no man's land, je vis lentement apparaître un bras, puis un corps. Bühler se précipita vers le parapet et tenta désespérément d'envoyer un signal d'avertissement. Mais c'était trop tard. Le commandant avait tiré. Avec un faible cri, le corps retomba.

Pendant quelques instants, un mystérieux silence régna. Puis nous entendîmes un mugissement, suivi de crépitements ravageurs. « Feu ! Ils arrivent », hurla le commandant.

Nous fîmes feu à notre tour. Nous chargions nos fusils et tirions comme des fous pour oublier cet instant abominable. Le front entier était embrasé, même les canons se mirent de la partie, et le combat dura toute la nuit. Le matin, nous avions perdu douze hommes, parmi lesquels le commandant et Bühler.

À partir de ce jour-là, les hostilités furent maintenues avec succès ; les cigarettes ne changèrent plus de main ; et le nombre des pertes s'accrut. Il m'est arrivé beaucoup de choses depuis ; j'ai vu mourir bien des hommes ; j'en ai moi-même tué plus d'un ; je suis devenu dur et insensible. Les années ont passé. Mais durant tout ce temps, je n'ai pas osé penser à ce faible cri dans la pluie.

La femme de Josef

En 1919, le sureau fleurissait déjà quand le caporal Josef Thiedemann rentra chez lui. Sa femme était venue le chercher seule – elle n'avait même pas emmené le cocher.

Durant tout le trajet, ils étaient restés côte à côte sans mot dire. Les croupes brunes et luisantes des chevaux oscillaient doucement devant eux. Ils pénétrèrent dans la rue du village et la longèrent lentement. Des villageois se chauffaient aux derniers rayons du soleil devant leurs portes, et parfois une femme posait la main sur le bras de son mari. Mais Thiedemann ne reconnaissait personne – pas même sa femme ni ses chevaux.

En juillet 1918, il avait été enterré par un mortier dans une tranchée-abri, où il se trouvait avec quelques camarades. Ce fut à un pur hasard – un tronçon du revêtement de bois projeté en oblique, qui fit barrière – que Thiedemann dut de ne pas être broyé. Il fallut plusieurs heures pour parvenir jusqu'à lui, et tout le monde le croyait déjà asphyxié ; mais deux poutres brisées s'étaient imbriquées de manière à laisser une étroite fente à travers laquelle il recevait un peu d'air. Cela lui sauva la vie.

Thiedemann était encore conscient lorsqu'on le dégagea, et selon toute apparence pratiquement indemne. Il resta un moment sans réaction au bord de la tranchée, à regarder d'un air absent les cadavres de ses camarades. Un brancardier lui secoua l'épaule et tenta d'introduire entre ses dents une tasse de café avec un peu de cognac. Thiedemann poussa un profond soupir et perdit connaissance.

En état de choc, il passa d'un hôpital spécialisé à l'autre pendant près d'un an. Puis sa femme obtint enfin la permission de le ramener chez lui.

Lorsque la voiture s'engagea dans le chemin menant à la ferme et se dirigea en cahotant vers l'étable, Thiedemann se redressa. Sa femme pâlit et retint son souffle. Des cochons grognaient dans la porcherie et le parfum des tilleuls flottait dans l'air. Thiedemann tourna la tête d'un côté, puis de l'autre, comme s'il cherchait quelque chose. Mais il s'affaissa de nouveau et ne sortit pas de son apathie, même à table, lorsque sa mère entra. Il mangea ce qu'on lui servait, puis fit le tour de la maison. Il ne se perdait pas, savait exactement où se trouvaient le bétail, la chambre à coucher. Mais il ne reconnaissait rien. Le chien, qui l'avait d'abord flairé avec excitation, se coucha près du poêle en gémissant. L'animal ne lui lécha pas les mains, et ne bondit pas vers lui.

Les premières semaines, Thiedemann resta le plus souvent seul près de la grange, au soleil. Il demeurait indifférent à son entourage, et jouissait d'une entière liberté. La nuit, Thiedemann était sujet à des étouffements. Il se levait alors d'un bond et frappait autour de lui en hurlant. Une nuit, il faillit perdre tout son sang après avoir brisé la vitre et s'être coupé le poignet. Sa femme fit poser des fenêtres grillagées dans la chambre.

Par la suite, Thiedemann prit plaisir à jouer avec les enfants. Il leur confectionnait des petits bateaux en papier et leur taillait des pipeaux dans des brindilles de saule. Les enfants l'aimaient, et quand vint la saison des myrtilles, ils l'emmenèrent en chercher dans les bois. Sur le chemin du retour, les enfants voulurent prendre un raccourci à travers champs. Mais à peine eurent-ils quitté le couvert des arbres, que Thiedemann commença à s'agiter. Effrayé et nerveux, il leur cria quelque chose et se jeta au sol. Les enfants le regardèrent, stupéfaits. Il força le petit à s'allonger à ses côtés, et rien ne put le convaincre d'avancer debout dans le champ. Il voulait ramper et ne cessait de baisser la tête brusquement. Les enfants, ne sachant que faire, partirent chercher leur mère. Quand ils traversèrent le champ, Thiedemann poussa un cri d'alarme désespéré et ferma les yeux, comme s'il s'attendait à une catastrophe.

Avec le temps, il devint gras et flasque – il ne faisait rien, mangeait comme un automate et beaucoup trop. Thiedemann en vint à connaître les habitants de la ferme, mais sans comprendre qu'il était des leurs. Les visages lui étaient familiers, rien de plus. Il se montrait presque toujours gentil et content. De temps à autre seulement, en voyant un morceau de bois blanc fraîchement coupé, il pleurait, et ne se laissait réconforter qu'à grand-peine.

Sa femme exploitait seule la ferme. Elle renvoya le contremaître parce qu'il avait singé, à table, un geste de Thiedemann. L'employé revint quelques jours plus tard expliquer qu'il n'avait pas pensé à mal, mais elle se contenta de lui donner sa paye sans l'écouter, et quitta la pièce. Un soir, le fils du meunier, qui lui faisait des avances, l'enferma dans une pièce ; elle saisit un fusil de chasse accroché au mur, et ne le lâcha pas avant que l'homme s'en fût allé en grimaçant un sourire penaud. D'autres essayèrent, mais aucun ne réussit. C'était une femme de trente-cinq ans, d'une beauté grave et sombre. Elle travaillait dur, mais resta seule.

Les premiers mois, des médecins venaient souvent à la ferme. Thiedemann se cachait, les obligeant à le chercher chaque fois. Il ne venait de son plein gré que lorsque sa femme l'appelait. Un médecin resta presque un an à la ferme pour le soigner. Lorsqu'il partit, la femme dut vendre quelques têtes de bétail. Cette année-là, les récoltes furent endommagées par les pluies d'été, et les pommes de terre souffrirent aussi. Ce fut une année difficile.

Mais l'état de Thiedemann ne s'améliora pas. La femme accueillit le verdict du médecin sans émotion, comme si la question n'avait aucune importance pour elle. La nuit, pourtant, quand Thiedemann marmonnait des paroles incompréhensibles en s'agitant dans son sommeil, elle se pressait contre lui comme si la chaleur de son corps devait le rassurer – et elle écoutait, posait des questions, l'appelait. Il ne répondait pas, mais se calmait et finissait par s'endormir tranquillement.

Ainsi passèrent les années.

Un camarade de Thiedemann leur rendit visite pendant quelques jours. Il avait apporté des photographies de la guerre, et le dernier soir, il les montra à la femme. Parmi celles-ci, il y en avait une de la section de Thiedemann. Les hommes, nus jusqu'à la ceinture, accroupis devant une tranchée, souriaient en cherchant des poux dans leurs chemises. Thiedemann, le deuxième à partir de la droite, levait joyeusement une main, le pouce fermement serré contre l'index.

La femme regardait les photographies l'une après l'autre. Pendant qu'elle était absorbée dans sa contemplation, Thiedemann entra dans la pièce. Il se dirigea pesamment vers le poêle et s'assit dans un fauteuil. La femme prit la photographie de la section et la garda longuement en main. Ses yeux allaient du cliché jauni à la silhouette apathique auprès du poêle.

« C'était là ? » demanda-t-elle. L'ami hocha la tête.

La femme resta un moment sans parler. On entendait la respiration lourde de Thiedemann dans le silence. Un papillon de nuit entra par la fenêtre et voleta autour de la lampe. L'ombre frémissante de ses ailes dansait au-dessus des photographies, auxquelles elle prêtait un semblant de mouvement et de vie. La femme désigna les images des tranchées et des villages en ruine.

« C'est toujours comme ça ?

— Sûrement », répondit le camarade.

D'un geste vif, elle lui tendit un crayon et lissa un sac de sucre à portée de main, sur le rebord de la fenêtre.

« Écrivez le nom du village. Et indiquez le chemin. »

L'ami leva la tête.

« Vous voulez y aller ? »

La femme examina la photographie où on voyait Thiedemann devant la tranchée, encore souriant et en bonne santé. Puis elle se redressa calmement.

« Oui, répondit-elle.

— Nous aimerions tous y retourner une fois, dit pensivement l'ami en traçant lentement les lettres. Vous devrez passer par Metz. »

Les préparatifs furent longs. Personne ne comprenait pourquoi elle voulait partir, et on tenta de l'en dissuader. Mais elle n'écouta aucune objection. Elle rassembla calmement et résolument ce qui était nécessaire au voyage. Quand on la questionnait, elle donnait une réponse laconique. Elle disait simplement : « Il le faut. »

Le trajet fut pénible. Le voyage donnait à Thiedemann des maux de tête et sa femme n'avait personne pour l'aider. De plus, elle ne parlait pas le français. Mais elle regardait simplement ses interlocuteurs jusqu'à ce qu'ils la comprennent.

L'après-midi du troisième jour, ils atteignirent l'endroit occupé par la compagnie de Thiedemann. C'était un village austère et morne, avec de longues rangées de maisons grises. Il n'y avait plus trace des ruines de la photographie. Tout avait été entièrement reconstruit.

Une paire de *chars à bancs* remplis de touristes s'arrêta devant l'auberge. Un interprète se dirigea vers la femme et lui parla. Elle lui demanda s'il pouvait la renseigner sur le secteur où avait été enterré Thiedemann. Il haussa les épaules – c'étaient des champs à présent ; ils étaient en culture depuis un bout de temps.

« Partout ? demanda la femme.

— Oh, non ! » L'interprète se montra plus compréhensif, et lui expliqua que dans les environs, à deux kilomètres à peine, la zone des tranchées et des trous d'obus était pratiquement intacte. Désirait-elle s'y rendre ?

Elle acquiesça et, prenant tout juste le temps de déposer les bagages à l'auberge, ils se mirent en route.

C'était une belle journée. Une brise agitait les collines, et de petits papillons bleus voletaient dans les tranchées, à travers les enchevêtrements de fils barbelés. Des coquelicots et des camomilles poussaient sur les bords des cratères. Les prairies qui s'immisçaient encore çà et là dans le paysage reculèrent peu à peu, le village disparut et, lorsqu'ils franchirent la crête d'une chaîne de collines, ils baignèrent tout à coup dans le silence blême des champs de bataille, que rien ne troublait sinon de petits groupes d'hommes au travail, égaillés parmi les trous d'obus. C'étaient les récupérateurs de métaux, expliqua le guide – à la recherche de fer, de cuivre et d'acier.

« Ici ? » demanda la femme. Le guide hocha la tête.

« Le sol est truffé de munitions, dit-il. Toute la zone a été concédée à une société de récupération de métaux. Les cadavres découverts sont rassemblés et enterrés dans les divers cimetières avoisinants. » Il montra, sur sa droite, de longues rangées de croix blanches luisant au soleil.

La femme resta là avec Thiedemann jusqu'au soir. Elle traversa avec lui des tranchées et des cratères, contempla avec lui des abris écroulés. Elle l'observait souvent, puis, invariablement, reprenait son chemin. Mais il lui emboîtait le pas avec indifférence, et aucune lueur n'animait son visage éteint.

Le lendemain matin, la femme retourna aux tranchées. Elle connaissait le chemin à présent, et jour après jour, on les vit déambuler tous deux à travers les champs de cratères argileux – l'homme las et voûté, et la grande femme taciturne. Le soir, ils rentraient à l'auberge et montaient dans leur chambre.

L'interprète les rejoignait quelquefois sur le champ de bataille. Il les conduisit un jour dans un secteur où se rendaient rarement les touristes. En dehors de deux équipes de ramasseurs au travail, il n'y avait pas âme qui vive.

En un point, le dédale des tranchées de première ligne demeurait presque intact. Thiedemann s'arrêta devant une tranchée et se baissa. Cela lui arrivait souvent, mais cette fois la femme s'immobilisa et saisit le bras de l'interprète. Quelques planches pourries qui couvraient autrefois les parois de la tranchée dépassaient de l'entrée. Thiedemann les palpa prudemment.

À cet instant retentit le martèlement strident des récupérateurs qui commençaient à creuser à deux cents mètres de là. C'était si intolérablement bruyant que la femme leva la main comme pour demander le silence – mais aussitôt après un énorme fracas ébranla le sol, suivi d'un sifflement, d'un hurlement, d'un chuintement, puis d'un cri désespéré, déchirant, venu du groupe de ramasseurs.

« Une explosion ! hurla l'interprète en courant vers eux. Ils ont heurté un obus en creusant ! »

Sans savoir comment, la femme se retrouva agenouillée auprès d'un homme dont la jambe avait été broyée. Elle avait déchiré la manche de la veste d'un ouvrier, et la nouait autour de la cuisse ; s'emparant d'une tige de fer fichée dans le sol, elle l'introduisit dans le nœud, et pansa l'homme qui s'évanouit au moment où il s'appuyait sur ses coudes pour voir la blessure. Ses compagnons le transportèrent aux baraquements. La femme se redressa. L'interprète la submergea de paroles – c'était la septième explosion en quinze jours ! Elle chercha autour d'elle des brins d'herbe pour ôter le sang de ses mains. Puis tout d'un coup, elle dressa l'oreille. Le blessé était déjà loin, mais on entendait encore un cri rauque, étouffé. Elle se précipita…

Le cri venait de Thiedemann. Il était plaqué au sol, comme s'il tentait désespérément de se couvrir. Les épaules tremblantes, il hurlait dans la terre. L'interprète, stupéfait, voulut le soulever. Mais la femme l'en empêcha.

Deux ouvriers accoururent du baraquement. Ils croyaient que Thiedemann était blessé et voulaient le transporter. Mais la femme ne permit à personne de s'approcher. Elle était brusquement métamorphosée ; sans faire un mouvement, elle les tenait à distance, par la seule puissance de son regard plein de supplication apeurée. Hochant la tête, ils partirent enfin, même l'interprète, et la femme les regarda jusqu'à ce qu'ils aient disparu dans le dédale des tranchées. Puis elle s'assit sur les marches de l'abri et attendit.

Le crépuscule tomba et Thiedemann se tut. Il était toujours allongé sur le sol, et les notes de l'angélus flottaient sur le campement de nuit. Mais sa femme demeura immobile.

Thiedemann bougea enfin. Il tenta de se soulever sur les coudes, mais s'affaissa de nouveau. Quelques minutes plus tard, il fit une seconde tentative. Sa femme ne l'aida pas. Elle se retira juste un peu plus dans l'ombre de la tranchée.

Thiedemann tâta le sol. Ses mains descellèrent une partie du revêtement de bois. Il s'efforça de se redresser, sans y parvenir. Puis il s'assit et se mit à promener ses mains sur l'herbe. Il leva la tête, et la tourna de-ci, de-là. Et continua longtemps ainsi.

Un oiseau chanta au-dessus d'eux. La main de Thiedemann s'immobilisa. « Anna… » dit-il, légèrement étonné.

La femme ne disait toujours rien, mais lorsqu'elle prit le bras de Thiedemann pour l'emmener, elle tituba, et son visage convulsé semblait près de se désintégrer.

Quelques semaines après, Thiedemann était capable de reprendre la ferme. Sa femme l'avait bien gérée : le bétail s'était accru de quatorze têtes, et elle avait pu en outre acheter des prairies et deux champs.

Retour à Douaumont

L'automobile fonce à pleins gaz, les pneus sifflent, la route est droite, les vitres tintent doucement, Strasbourg et Metz sont déjà loin derrière nous. À mes côtés, Karl Broeger mange un petit pain beurré, mais avec une certaine distraction. Ses pensées sont ailleurs.

Nous avons déjeuné il y a deux heures. Après nous être remis de l'agréable surprise d'un demi-homard mayonnaise à vingt-cinq francs en *hors-d'œuvre*, sans parler d'une quantité d'autres mets appétissants, et du gigantesque plateau de fromages de ce mémorable repas, nous voilà embarqués dans les projets et les perspectives d'avenir de Karl.

Je ne comprends pas grand-chose à ce tourbillon de si et de mais, de calculs et de gens. Que ce soit à cause du homard, du vin, ou peut-être de l'étonnante modicité de leur prix, les projets de Karl s'empilent et finissent par se perdre dans les nuages de l'Everest – dans dix ans, il sera responsable d'agence, dans vingt, directeur, directeur général, président-directeur général, etc. Vu son échelon actuel, Karl ne risque pas de tomber de bien haut. Il est employé de banque, et doté d'une constitution robuste : deux heures après le homard, il mange encore – un bon petit pain beurré tout simple. Entre-temps, histoire de ne pas trop anticiper sur la réalisation de ses rêves, il imagine ce qu'il fera lorsqu'il deviendra responsable d'agence. Voilà Karl.

L'automobile traverse toujours les villages à vive allure – pignons pentus, vaches, taches colorées des robes des femmes, brise d'automne et tas de fumier défilent derrière nos vitres, virage après virage, côte après côte. Puis cessent les routes et les arbres ; les chaussées bifurquent et rétrécissent ; des cars surchargés, ornés de grosses lettres et d'emblèmes, s'approchent pesamment de nous, et sur les panneaux apparaissent des noms qui imposent silence.

Karl referme son portefeuille. Pêle-mêle avec des papiers de banque, s'y entassent des coupures de presse sur le glorieux match de football Rheine contre Münster (son équipe a gagné haut la main, 6 à 0, et Karl a eu droit à des félicitations personnelles), et, plus précieux encore, une liasse de portraits – de gracieuses dames qu'il a longuement contemplées en guise de dessert.

La route ne va pas plus loin. La voiture s'immobilise dans un crissement de freins ; nous nous en extirpons, et nous nous retrouvons sur une sorte de place du marché. Des véhicules se garent, des chauffeurs inquiets attendent, vivante image du zèle avec leurs casquettes à visière ; des troupeaux de gens se rassemblent et se mettent en formation, des guides cherchent leurs brebis, et donnent le signal du départ.

Autour de nous, dans des chuchotements hâtifs, les hommes font diligemment leurs affaires ; les chemins de la mort sont devenus des boulevards pour respectables touristes ; là où chaque pas était autrefois synonyme de sang, de souffle coupé, de peur qui vous prenait à la gorge, passent désormais des chemins pavés de bois où les visiteurs, cornaqués par des interprètes chevronnés, pourront tout voir sans salir leurs chaussures – spectacle intégral garanti. Douaumont.

Autour de nous, aussi, quelqu'un s'agite, fin prêt, impatient – il nous expliquera la stratégie de l'affaire, nous mettra *au fait* des aspects les plus obscurs de la question, pour ainsi dire. Karl, ragaillardi par son homard et son petit pain beurré, sourit gracieusement, prête attentivement l'oreille, et nous suivons la visite du fort à la lumière des lampes à acétylène ; à nous aussi, on explique le sens pratique des Allemands, qui, dès leur conquête du fort, firent installer des machines en sous-sol, des éclairages électriques, et construisirent des grues pour monter les munitions, toutes merveilles absentes jusque-là.

Karl confirme d'un hochement de tête : oui, c'était comme ça. Mais devant les canons de fusil tordus et les obus non éclatés, lorsque le guide recommence à jacasser, à quelques pas de son compère qui ouvre le feu avec la version anglaise, Karl me fait signe. Il en a assez entendu ; nous nous frayons un chemin vers la sortie. Il est devenu silencieux devant les casques, les plastrons, les éclats d'obus.

Dehors, après l'atmosphère étouffante de la galerie, une brise nous accueille, si douce et si caressante qu'on aimerait s'y blottir. Il fait encore clair, mais c'est déjà l'heure mystérieuse où le jour et la nuit s'équilibrent, où le fléau de la balance suspend un instant sa perpétuelle oscillation – un souffle de plus et la magie s'évanouit ; un avant-goût de soir surgit soudain, une vache mugit, la nuit a commencé.

L'une après l'autre, les ondulations des collines se couchent dans une ombre violette. Le guide nous a suivis et recommence derrière nous : « Cette poivrière que vous apercevez est un point stratégique très intéressant… »

Il ne va pas plus loin. Karl jette un regard indigné autour de lui et lance d'un ton ferme : « Bouclez-la… »

Il le dit sans méchanceté, d'une voix plutôt douce, et par conséquent sans réplique.

Puis il part, loin de la disposition stratégique des remparts, du bavardage confus des groupes de touristes, loin des homards, des petits pains beurrés, des photographies de dames et des directions de banque, loin des dix années de paix.

Il marche, et son visage devient de plus en plus sombre ; ses yeux se plissent en scrutant le sol ; l'herbe bruisse, les pierres craquent, un vieux panneau signale toujours un danger, mais Karl ne s'en soucie plus. Il cherche.

Le chemin mène aux champs troués d'obus, à travers les vestiges d'enchevêtrements de barbelés. L'interprète, distancé, nous a hurlé une kyrielle d'avertissements. Des tranchées déblayées apparaissent ; des chapelets de bombes, des gamelles criblées de trous jonchent le sol. Dans l'argile jaune s'enfonce une pauvre fourchette rouillée, au bout de laquelle pend la moitié d'une cuillère.

Nous continuons. Karl s'arrête souvent, inspectant le terrain. Puis il hoche la tête et poursuit son chemin. On distingue le tracé d'une tranchée. Le tracé, pas davantage – des cratères, entre lesquels se faufilent deux pistes, qui tournent ensuite brusquement.

Encore quelques pas. Une autre inspection. Karl a trouvé ce qu'il cherche.

Il reste silencieux quelques instants, puis il dit : « Ici… », s'interrompt… et reprend : « Ça devrait être par ici… nous étions là… Ça rugissait de partout, deux coups de feu, et puis, “ Chargez… ” » Il répète : « Et puis, “ Chargez… ” »

Aussitôt, il quitte la tranchée, bondit, et charge. Mais ce n'est plus Karl Broeger, le passionné de banque et d'articles de football ; c'est un autre homme, de dix ans plus jeune. C'est le sergent Broeger, repris par le terrain, l'odeur de cendre du champ de bataille, et le souvenir qui l'emporte comme une tornade.

Ses mouvements ont changé ; plus trace de quête hésitante ; même sa démarche est méconnaissable ; inconsciemment, involontairement, elle suggère l'esquive, la progression feutrée, attentive, prudente, l'assurance instinctive de la bête ; Karl ne sait pas lui-même qu'il rentre la tête dans les épaules, que ses bras pendants s'apprêtent à amortir une chute, et qu'il chemine soigneusement à couvert.

Nous avançons toujours. Deux heures auparavant, il aurait peut-être été incapable de trouver son chemin ; à présent, il reconnaît les moindres replis du terrain ; il est possédé par le passé. Nous suivons le sentier – deux hommes en costumes bien coupés, avec chapeaux et cannes –, nous suivons le sentier sur lequel il a rampé avec sa section, lors de cette nuit terrible où les fusées-parachutes éclairaient l'apocalypse comme de gigantesques lampes à arc, où le sol se déchaînait comme une mer autour de Thiaumont et de Douaumont, sous les fontaines d'explosions – nous reprenons le sentier ; le calme infini du soir nous entoure, mais aux oreilles du sergent Broeger la bataille rugit, il empoigne sa canne comme une grenade, il emmène ses hommes à travers les trous d'obus, à l'assaut de la ville.

La ville n'est plus là, elle a disparu, entièrement rasée ; jamais reconstruite, parce que le sol est toujours miné, plein à craquer d'explosifs, trop dangereux pour être exploité.

Karl s'adosse au monument qui signale l'emplacement de Fleury, le village de la terreur, dont les ruines ont été conquises et perdues six fois dans la nuit.

« Il est resté près de moi tout le temps. Et quand il a fallu se retirer, il n'était plus là. Ensuite… »

Ensuite, lorsque la position fut reprise, on ne trouva qu'un morceau de corps impossible à identifier. Le jeune homme fut donc simplement porté « disparu », et sa mère espère encore qu'un beau matin, il entrera dans son salon tendu de panne rouge, et que son fils devenu grand et fort s'assiéra à côté d'elle sur le canapé.

« Il n'y a pas de raison qu'il soit mort », observe Karl en me regardant d'un air sombre. « Tu crois qu'il serait devenu musicien ? C'était ce qu'il voulait, à l'époque. »

Je n'en sais rien, et nous partons. Le crépuscule a tourné au bleu nuit. Karl s'arrête une fois encore, et avec un grand geste de la main : « Tu vois, je n'arrive pas à comprendre ; ici, il n'était plus possible de penser. C'était l'Enfer, le véritable Enfer, la fin du monde, un chaudron diabolique, sans issue, et quand on y était plongé, on cessait d'être un homme… et à présent nous nous y promenons, et ce n'est plus qu'une petite vallée dans la nuit, une petite colline inoffensive… »

La silhouette blanche du mausolée se détache dans la pénombre. Les cars de tourisme s'apprêtent à partir. Vrombissant, ils s'en vont en files capitonnées.

Le paysage obscur se déroule de nouveau devant nos vitres. Des mémoriaux, beaucoup de mémoriaux, défilent dans la lumière des phares. Il y est surtout question de *Gloire* et de *Victoire.* Karl secoue la tête : « Ça ne dit pas tout, non, loin de là. Ils ont pourtant raison d'ériger des monuments, parce que jamais il n'y a eu autant de souffrance que par ici. Mais ils ont oublié une chose : plus jamais. Voilà ce qui manque. Tu… »

Devant nous s'étend la route blanche, qui commence à monter. La lune émerge des nuages, rouge et triste. Elle devient de plus en plus petite et brillante, jusqu'au moment où sa lueur argentée baigne le cimetière américain de Romagne. Quatorze mille croix luisent dans la lumière pâle. Quatorze mille croix, en rangs l'une derrière l'autre – qui font mal aux yeux, tant elles sont extraordinairement droites, à la verticale en diagonale. Sous chacune d'elles une tombe. Sur chacune, une inscription : Herbert C. Williams, lieutenant de vaisseau, Service de la guerre chimique, Connecticut, 13 sept. 1918 – Albert Peterson, 137 Inf., 35 Div., North Dakota, 28 sept. 1918. Quatorze mille – il y avait là vingt-cinq mille hommes. Tués dans l'attaque de Montfaucon, tués quelques semaines avant la paix. Un seul cimetière pour tant de morts. Partout, à des milliers d'endroits, se dressent les autres, les croix de bois blanc des Français, les noires des Allemands.

Parmi les quatorze mille croix, sur la large voie centrale, un homme solitaire, perdu dans le lointain, fait les cent pas. C'est plus affligeant que si tout était désert. Karl poursuit sa route.

Dans les villes, les enfants jouent sur les places. Autour d'eux, des boutiques, des maisons, des cimetières, des journaux, du bruit, des cris, des rues, le monde ; mais ils continuent à jouer, absorbés dans leurs jeux simples, qui sont les mêmes sur toute la terre.

« Les enfants », dit Karl, dont l'obscurité dissimule la physionomie, « les enfants sont les mêmes partout, vois-tu… les enfants, ils ne savent encore rien… »

Et tandis que je réfléchis à ses paroles en lui jetant un coup d'œil, il se tourne vers moi : « Eh bien, avance… Qu'est-ce qu'on fait plantés là ? » et il reprend sa posture, passant le restant du voyage à scruter le paysage derrière la vitre.

L'étrange destinée de Johann Bartok

Johann Bartok, artisan, était marié depuis cinq mois lorsque la guerre éclata. Il fut mobilisé immédiatement, et envoyé dans une garnison autrichienne à la frontière. Le jour du départ, il mit de l'ordre dans ses affaires, et confia la gestion de sa petite entreprise à sa femme et à son adjoint. Il parvint même à obtenir deux commandes supplémentaires. À vrai dire, il y passa une bonne partie de l'après-midi ; mais d'un autre côté, il avait la satisfaction de savoir que, grâce à cela, tout irait bien au moins jusqu'à Noël. Le soir venu, Bartok revêtit son plus beau costume et alla chez un photographe avec sa femme. Ils ne s'y étaient pas décidés jusque-là – aux yeux du couple, qui travaillait dur pour réussir, ce devait être une dépense extravagante. Mais à présent c'était différent. Le photographe apporta les tirages à la gare le lendemain matin. Bartok ne les imaginait pas aussi grands ; il découpa les visages, qu'il s'efforça d'introduire dans le boîtier de sa montre, mais sans succès. Il reprit son couteau, se résignant à ne garder que le portrait de sa femme. La photographie rentra enfin.

Le régiment de Bartok fut rapidement transféré sur le front. Après une avancée durant l'hiver 1914, le régiment fut pris dans un affrontement nocturne acharné, au cours duquel l'ennemi opéra un mouvement tournant et isola trois compagnies. À court de munitions après s'être défendues une journée entière, elles durent se rendre. Bartok se trouvait dans une de ces compagnies. Les prisonniers passèrent quelques mois dans un camp de concentration. Bartok errait toute la journée dans le baraquement, à broyer du noir. Il aurait aimé savoir comment s'en sortait sa femme, et si elle avait réussi à obtenir de nouveaux chantiers pour l'entreprise, puisqu'elle n'avait désormais plus d'autre gagne-pain. Mais le camp ne recevait aucun courrier, et Bartok en était réduit à lui écrire des lettres remplies de conseils, avec les adresses de clients qui pourraient avoir besoin d'un nouveau portail en fer ou de cabinets. Vers le commencement d'avril, un convoi de 1 800 hommes fut rassemblé et emmené sur la côte. Bartok et ses compagnons étaient parmi eux. Ils furent embarqués sur un vapeur, et le bruit courut qu'on les expédiait dans un camp en Asie orientale.

Pendant les premiers jours, ils eurent presque tous le mal de mer. Puis, traînant leur désœuvrement, ils se regroupèrent dans l'atmosphère confinée des cales obscures, et fumèrent aussi longtemps qu'il leur resta des cigarettes. Ils ne voyaient la mer qu'à travers d'étroits hublots, devant lesquels ils se postaient à tour de rôle. L'eau était bleue et limpide ; de temps à autre, ils apercevaient des ailes blanches ou l'ombre d'un gros poisson.

Peu à peu, la surveillance se relâcha. Les prisonniers le remarquèrent et projetèrent d'attaquer la garnison par surprise afin de se rendre maîtres du navire. Une partie d'entre eux inspecta les magasins d'armes, et d'autres se procurèrent secrètement des épissoirs, des cordages et des couteaux.

Par une nuit de pluie et d'orage, ils passèrent à l'offensive. Trois gigantesques sergents commandaient la troupe à laquelle appartenait Bartok. D'un pas innocent, ils se dirigèrent vers les cabines, avant de sauter brusquement comme des chats sur les gardes stupéfaits, qui ne purent opposer aucune résistance. Quelques instants plus tard, ils avaient brisé les écoutilles et se retrouvaient sur le pont.

Une partie de l'équipage fut maîtrisée en plein sommeil, et les autres durent se rendre. Seuls le capitaine et deux officiers se retranchèrent et ouvrirent le feu. Ils tuèrent trois prisonniers à coups de revolver. Mais lorsqu'une mitrailleuse fut mise en position, le capitaine, grièvement blessé, se rendit.

Les prisonniers avaient l'intention de rallier un port neutre, car ils étaient bien pourvus en vivres et en munitions, et plusieurs d'entre eux avaient déjà navigué. Un ancien officier de marine prit le commandement. L'équipage fut soumis à un exercice quotidien ; Bartok reçut un entraînement d'artilleur. L'officier aux commandes estima qu'il leur faudrait une bonne semaine pour atteindre le prochain port. Mais il en alla autrement. Car le quatrième jour, la coque grise et basse d'un vaisseau de guerre se profila à l'horizon. Les cheminées fumantes, il se dirigea droit vers le vapeur des prisonniers.

Ils tentèrent de fuir, mais pas assez vite. Ils se préparèrent alors à se défendre, en espérant tenir jusqu'à la tombée de la nuit, et se sauver à la faveur du brouillard et de l'obscurité.

Ce fut un échec. Ils avaient bien des canons, mais n'arrivaient pas à atteindre le croiseur. Au bout d'une heure, ayant perdu beaucoup d'hommes, ils furent obligés de hisser le drapeau blanc. L'officier de marine se suicida lorsque le premier canot du vaisseau de guerre accosta le vapeur. Le capitaine du croiseur traita les prisonniers en mutins et non en soldats, et on les envoya dans une colonie pénitentiaire sur une île. Quelques meneurs furent exécutés, dont l'ami de Bartok, Michael Horvath. Il remit à Bartok sa montre et son portefeuille. « Bonne chance, Johann », lui dit-il en lui serrant la main en guise d'adieu, « mourir de cette manière ou d'une autre – ça revient au même en fin de compte. Espérons que tu t'en sortiras ! Si ma mère vit encore à ce moment-là, donne-lui ces objets, tu veux bien ? »

Les survivants furent déclarés coupables de mutinerie. Un homme sur cinq fut condamné à la perpétuité et le restant à quinze ans de travaux forcés. Au moment du comptage, Bartok eut de la chance – il n'écopa que des quinze ans.

« Quinze ans », pensa-t-il le soir du premier jour, couché dans un coin de la baraque brûlante en tôle ondulée, les membres douloureux. « Quinze ans. J'ai trente-deux ans aujourd'hui. J'en aurai quarante-sept. » Il sortit le portrait de sa femme du boîtier de sa montre et le contempla longuement. Puis il hocha la tête et essaya de s'endormir.

Le travail était dur et le climat féroce. Cent quatre-vingts hommes moururent la première année. Pendant la seconde, cent dix. La quatrième année, Bartok se lia avec Wilczek, un fermier du Banat. Il l'enterra la sixième. La septième année, il perdit ses dents de devant. Au cours de la huitième, il apprit que la guerre était terminée depuis longtemps. La neuvième année, ses cheveux devinrent gris. La dixième, seize hommes s'évadèrent et furent repris. La douzième année, plus personne ne parlait du pays. Le monde s'était réduit aux dimensions d'une île, la vie ne signifiait que labeur et profond sommeil, le désir était tari, la douleur émoussée, la mémoire vaincue ; sur les débris humains hébétés qui s'allongeaient chaque soir pour mourir, et se relevaient pourtant chaque matin, ne régnaient, massifs et impérieux, que les gardes – et la fièvre et le désespoir.

Quand le directeur leur annonça qu'ils étaient libres, ils commencèrent par ne pas y croire. Jusqu'au dernier jour, ils s'attendirent à une nouvelle visite du directeur, les informant que la peine serait prolongée de cinq ou dix ans – tant la liberté leur paraissait inconcevable. Ils emballèrent leurs maigres possessions et marchèrent jusqu'au port. Bartok jeta un dernier coup d'œil autour de lui. Là, devant les baraquements, se tenaient les survivants des camarades condamnés à la perpétuité, qu'il fallait à présent abandonner, et qui les fixaient du regard, sans mot dire. Avant de partir, Bartok demanda à deux d'entre eux s'il pouvait leur envoyer quelque chose du pays. « Ferme-la ! » répondit l'un d'eux en tournant les talons. L'autre était hors d'état de comprendre. Mais le premier les suivit quelques mètres en courant – « On vient nous aussi ! » cria-t-il. Les autres prisonniers ne bougeaient pas. Ils se bornaient à les regarder, l'œil fixe.

En allant vers le bateau, Bartok sortit sa montre. Le portrait de sa femme y était toujours – effacé et totalement méconnaissable. Il le sortit néanmoins, et tenta de se souvenir. Cela ne lui était pas arrivé depuis longtemps, et la tête ne tarda pas à lui tourner ; il en avait trop perdu l'habitude.

À terre, il poursuivit son chemin en compagnie de deux camarades de sa région. Ils découvrirent que leur pays natal appartenait désormais à une nation qui les avait combattus. La cession de la région faisait partie du traité de paix. Sans comprendre, ils l'acceptèrent provisoirement. Car à leurs yeux, le monde entier avait changé depuis ces quinze ans. Ils voyaient des maisons, des rues, des automobiles, des hommes – ils entendaient des noms familiers, et pourtant tout leur semblait étranger. Les villes s'étaient agrandies, la circulation les effrayait et ils avaient du mal à comprendre ce qui se passait autour d'eux. Tout allait trop vite. Ils étaient habitués à la lenteur.

Bartok parvint enfin dans sa ville natale. Les genoux tremblants d'émotion, il dut marcher doucement en s'appuyant sur sa canne. Il retrouva sa maison. L'entreprise était toujours là, mais personne ne connaissait sa femme. Le bail avait souvent changé de mains pendant les dix dernières années. Elle avait dû partir depuis longtemps. Bartok chercha partout. Il finit par apprendre qu'elle habitait sans doute une ville plus importante à l'ouest.

Bartok se rendit dans la ville qu'on lui avait indiquée. Il se posta devant des centaines de portes, dans des centaines de passages, et interrogea les habitants. Voyant que personne ne pouvait le renseigner, las et désespéré, Bartok s'apprêtait à repartir, lorsqu'une idée lui vint. Il fit volte-face, et donna au fonctionnaire le nom de son ancien adjoint. Le préposé consulta de nouveau le registre et le trouva. Sa femme l'avait épousé sept ans auparavant. Bartok hocha la tête. Il comprenait maintenant pourquoi aucune lettre n'était arrivée, pourquoi il n'avait jamais eu de nouvelles de chez lui. On le croyait mort.

Il monta lentement les marches et sonna. Un enfant de cinq ans ouvrit la porte. Puis sa femme apparut. Il la regarda, hésitant à la reconnaître, n'osant parler. « Je suis Johann », dit-il enfin.

« Johann ! » Elle recula d'un pas et s'assit lourdement sur une chaise. « Sainte Mère ! » Elle se mit à pleurer. « Mais on a reçu un avis, à l'époque – un certificat – tu étais mort ! »

Elle ouvrit un tiroir, le fouilla, les mains tremblantes, comme si sa vie dépendait du certificat.

« Oui, oui, peu importe… » Bartok arpentait la cuisine d'un air absent. « C'est ton enfant ? »

demanda-t-il. La femme acquiesça. « Tu en as d'autres ?

— Deux…

— Deux… », répéta-t-il mécaniquement. Puis il s'assit sur le canapé et regarda fixement devant lui.

« Que va-t-il arriver, maintenant, Johann ? » demanda la femme en larmes. Bartok leva les yeux.

Devant lui, sur une commode basse, se trouvait une petite photographie dans un cadre doré. C'était celle d'avant son départ pour le front. Johann Bartok la prit et la considéra longuement. Puis il regarda de nouveau sa femme, et se passa la main sur le front.

« Cinq mois, n'est-ce pas ?

— Oui, Johann…

— Et maintenant ?

— Sept ans », répondit-elle avec douceur. Il hocha la tête et se leva. La femme le retint. « Tu ne t'en vas pas ?

— Si…, dit-il en prenant sa casquette.

— Reste au moins jusqu'au dîner, implora-t-elle. Jusqu'au retour d'Alfred… »

Il secoua la tête. « Non, non… C'est mieux comme ça. Tu devras clarifier la situation. Mais ça ne posera aucun problème. »

Bartok resta un moment devant la maison. Puis il reprit le chemin de la gare et revint dans sa ville natale. Il avait l'intention d'y chercher du travail et de recommencer une nouvelle vie.

L'histoire d'amour d'Annette

Annette Stoll grandit dans une petite ville universitaire du centre de l'Allemagne. C'était une fraîche blondinette pleine d'insouciance et de gaieté, déployant un zèle modéré en classe, et très friande de bonbons et de films. Elle avait pour compagnon de jeux le jeune Gerhard Jäger, son aîné de trois ans, un garçon maigre et dégingandé qui aimait les livres et les discussions sérieuses.

Leurs parents vivaient en bon voisinage, et les deux enfants grandirent ensemble comme frère et sœur. Les aventures de l'un étaient les aventures de l'autre – les jardins déserts, les chemins sinueux, les dimanches carillonnants, les prairies en été, le crépuscule, les étoiles, le parfum et l'enchantement exalté, obscur, de la jeunesse – ils partageaient tout cela.

Par la suite, il en alla autrement. La fille, précoce et jolie, acquit l'aplomb mutin de ses seize printemps. Elle s'échappa soudain du jardin familier et sans mystère de la camaraderie enfantine, pour s'envelopper d'un crépuscule d'intrigants secrets. Le jeune Gerhard Jäger, qui avait été jusqu'à ces derniers temps son plus vieil ami et le protecteur de son enfance, lui paraissait à présent maladroit, beaucoup plus jeune qu'elle, et même un peu ridicule avec ses méditations indécises. Elle aimait les choses simples et solides, et son existence semblait toute tracée – une vie paisible et sans histoires, avec un mari respectable et des enfants robustes.

Lorsque Gerhard acheva son premier semestre universitaire, ils étaient devenus des étrangers l'un pour l'autre.

Puis la guerre arriva. L'épidémie de ferveur gagna la petite ville. Jour après jour, un nombre croissant de lycéens et d'étudiants troquèrent leurs éclatantes casquettes d'écoliers pour l'uniforme gris des volontaires. Et leurs visages enfantins prenaient déjà une expression légèrement plus distante, plus sérieuse, plus mûre, mais qu'embellissait l'empressement de la jeunesse à se sacrifier; et cependant les bancs de l'école, les clubs d'aviron et les frasques nocturnes, la paix elle-même, étaient encore trop proches pour leur permettre de comprendre ce qui les attendait.

Gerhard Jäger fut l'un des premiers à s'engager. Le garçon calme, hésitant et pensif parut transfiguré. Il rayonnait d'un feu intérieur pourtant très éloigné de l'extravagance des professeurs ivres de guerre. Ses camarades et lui voyaient dans la guerre plus que le combat patriotique ; c'était pour eux la grande offensive qui balaierait les idéaux usés d'une existence satisfaite et réglée, et qui régénérerait une société sénile.

Ils partirent tous ensemble un dimanche. La gare était remplie d'amis et de parents en larmes, enthousiastes et survoltés. Presque toute la ville était là. La fanfare retentissait dans une abondance de fleurs et de rameaux de verdure piqués dans la gueule des fusils, au milieu des cris et des appels. Au moment où le train s'ébranlait, Gerhard Jäger aperçut Annette devant la vitre de son compartiment. Elle saluait un voyageur dans une autre voiture. Il saisit sa main.

« Annette… »

Elle lui jeta en riant ce qui lui restait de fleurs.

« Rapporte-moi un joli souvenir de Paris ! »

Il hocha la tête sans pouvoir en dire davantage, car le train accélérait déjà, dans un beuglement de chants et de cuivres. La robe d'été blanche de la jeune fille, flottant au vent, fut le dernier souvenir qu'il emporta…

Les premiers mois, Annette eut peu de nouvelles de Gerhard. Puis les lettres et les cartes postales de l'armée se succédèrent à une cadence de plus en plus rapide. Elle s'en étonnait, et ne s'expliquait pas un changement si soudain. Mais elle comprenait encore moins pourquoi ces lettres se préoccupaient – toujours plus au fil des mois – de leurs souvenirs d'enfance. Annette cherchait de grandiloquentes descriptions de hauts faits, et ne trouvait, source d'une déception toujours renouvelée, que des anecdotes familières qui l'ennuyaient.

La brigade de Gerhard subit de très lourdes pertes dans les Flandres. Quelques jours plus tard, les parents du jeune garçon reçurent un mot bref les informant que sur deux cents hommes, vingt-huit étaient encore indemnes, dont leur fils. Quant à Annette, elle eut une longue lettre dans laquelle Gerhard évoquait presque passionnément une matinée de mai, et les fleurs blanches du cerisier derrière le cloître de la cathédrale. Le père du jeune soldat hocha la tête en lisant la lettre. Fidèle à de plus nobles idéaux, il aurait aimé que son fils se montrât tant soit peu héroïque. Annette rangea les pages d'écriture serrée en haussant les épaules – elle ne se souvenait plus de ce matin de mai.

Ils furent d'autant plus surpris en apprenant, peu de temps après, que la bravoure de Gerhard lui avait valu d'être décoré et promu sur le champ de bataille.

Il revint en permission, souple, svelte et bronzé, ne ressemblant guère à l'image qu'Annette se faisait de lui d'après ses lettres. Par contraste avec la fierté volubile de son père, il paraissait doublement solennel, parfois même absent et bizarrement distrait. La première fois qu'il se trouva seul avec Annette, après une heure de mutisme presque ininterrompu, de regards embarrassés et d'élans brusques, il la prit par la main et lui demanda de l'épouser. Et aucun argument ne put vaincre sa muette détermination, pas même leur âge. Il avait dix-neuf ans et elle pas encore dix-sept.

Les mariages de guerre et les fiançailles précipitées n'avaient alors rien d'exceptionnel – ils allaient de pair avec l'enthousiasme général. Après un moment de surprise, Annette s'accoutuma vite à cette idée – elle pensa que ce serait intéressant d'être la première de sa classe à se marier – et le jeune officier viril sorti de la chrysalide du Gerhard rêveur de son enfance lui plaisait – d'ailleurs plus qu'il n'était nécessaire. Quant aux parents, aisés, accommodants et de surcroît patriotes, ils donnèrent volontiers leur consentement, et même avec plaisir – le mariage offrirait l'occasion d'une grande fête.

La cérémonie eut lieu à midi. L'après-midi, pendant le déjeuner de mariage, parut une édition spéciale relatant une grande victoire sur le front de l'Est. Le père de Gerhard fit apporter tous les journaux disponibles et lut les comptes rendus à l'assemblée. Dix mille Russes prisonniers ! Les invités se livrèrent à des débauches de réjouissances. Des discours furent improvisés, des chants patriotiques retentirent, et aux yeux de tous, Gerhard, dans son uniforme gris, incarnait les idées qui leur tournaient la tête.

Le pasteur lui serra la main, le maître d'école lui tapa sur l'épaule, son père l'encouragea à retourner au cœur de la mêlée, et tous les invités trinquèrent avec lui à « la Victoire, la Gloire et la Chance au Combat ». Gerhard, devenu seulement plus sombre et plus taciturne, bondit à ces mots, saisit son verre et, tandis que l'assemblée attendait en silence, le reposa si brutalement qu'il se brisa. « Vous… » dit-il, « vous… » et, lançant à la ronde des regards étincelants et furieux… « Qu'est-ce que vous en savez ? » cria-t-il avant de sortir.

Ce soir-là, et toute la nuit durant, Gerhard discuta passionnément avec Annette – comme s'il voulait retenir quelque chose qui menaçait de lui échapper –, il parla de jeunesse, de projet, de vie. Il ne parla que d'elle – et pourtant Annette eut souvent l'impression qu'il ne pensait guère à elle.

Le lendemain soir, il repartait pour le front. Mais il essaya de passer la journée seul avec Annette. En proie à une excitation fébrile, il ne voulait voir personne d'autre, désirant seulement errer sur les places et dans les jardins, et rester avec elle dans les prés au bord de la rivière, jusqu'à l'heure du départ. Elle le trouva bizarre et presque un peu effrayant. En lui faisant ses adieux, il la serra contre lui et la noya sous un flot de paroles, bégayant dans sa hâte, comme s'il restait encore beaucoup à dire et à faire. Puis il sauta dans le train, qui avançait déjà.

Gerhard fut tué quatre semaines plus tard ; Annette était veuve à dix-sept ans.

La guerre continuait, et les années devenaient plus sanglantes. Il n'y avait guère de maison qui ne fût en deuil dans la petite ville, et le destin d'Annette, qui avait fait grand bruit au début, pâlit devant les épreuves plus douloureuses des familles qui avaient perdu des pères et des fils. Elle-même cessa bientôt d'y penser. Elle était trop jeune, et les quelques jours passés avec Gerhard n'avaient pas suffi à le lui faire considérer comme son mari. Ce n'était pour Annette qu'un ami de jeunesse mort à la guerre, parmi tant d'autres.

Cependant, sa vie se caractérisait désormais par un certain isolement. Les camaraderies complices d'autrefois avaient disparu – elle n'était plus assez jeune fille pour cela. Et elle n'appartenait pas davantage au monde des adultes – étant encore trop jeune fille pour eux. Annette ne savait pas sur quel pied danser. Tout avait commencé et fini trop vite.

Mais les événements des dernières années de guerre ne lui laissèrent pas le temps de réfléchir. Elle travaillait du matin au soir comme infirmière bénévole dans un hôpital. Le maelström de l'histoire déferlait, emportant les individus sur son passage.

Puis vinrent l'armistice, la révolution, l'époque des putschs, le cauchemar de l'inflation – et enfin, quand ce fut terminé, Annette, reprenant ses esprits, découvrit avec stupeur qu'elle avait atteint l'âge de vingt-cinq ans sans que sa vie se fût enrichie le moins du monde. Car elle ne pensait plus guère à Gerhard.

Peu de temps après, ses parents moururent. Leur fortune avait tellement fondu qu'Annette accepta avec gratitude un poste d'infirmière dans un hôpital d'Allemagne du Nord.

Quelques mois plus tard, elle fit la connaissance d'un homme qui la courtisa assidûment, et souhaita l'épouser. Au début elle hésita, puis se prit d'affection pour lui, et le jour de la cérémonie fut fixé.

Mais Annette, qui aurait dû se sentir parfaitement heureuse, était de plus en plus angoissée. Des réticences inexplicables la paralysaient. Elle se perdait dans des songeries, écoutait distraitement ses interlocuteurs. Ses pensées se brouillaient, et elle se réfugiait dans une mélancolie vague et confuse. La nuit, sans raisons, elle s'éveillait en larmes. Annette s'efforçait alors, par une tendresse impétueuse, une ardente soif d'affection, d'abattre l'étrange barrière qui s'édifiait lentement devant elle.

Parfois, quand, seule dans sa chambre, elle regardait par la fenêtre les maisons grises et nues d'en face, il lui semblait que les murs se dissolvaient en une brume transparente, que des portes s'ouvraient sur des sentiers et des maisons à pignons, des prairies en été, des jardins déserts et brûlants – alors l'envahissait un désir impérieux et soudain de retourner dans sa ville natale. Annette finit par en conclure que tous ses soucis venaient de là ; ce n'était que le mal du pays, elle avait besoin de retourner là-bas pour vaincre sa mélancolie.

Elle se décida à revenir quelques jours dans sa ville natale, et son fiancé l'accompagna.

Ils arrivèrent le soir. Annette était surexcitée. Sitôt ses bagages défaits, elle laissa son fiancé à l'hôtel et sortit seule.

Elle contempla la maison qui avait été la sienne, courut dans le jardin. Son exaltation croissait. La lune brillait et les toits luisaient. Une odeur de printemps flottait dans l'air, et elle sentait une présence, une approche imminente, qui déjà surgissait de l'horizon, s'avançait, appelant une réminiscence, cherchant un nom.

Elle traversa les prairies. L'herbe était gorgée de rosée. Les cerisiers étincelaient d'une blancheur de neige. Et tout à coup, ce fut là ; une voix lointaine, oubliée, ensevelie ; un visage lointain, oublié, enseveli ; un voile se déchirait, laissant deviner une présence infiniment éloignée, inimaginablement lasse, pesante, triste – Annette avait cessé d'y penser ; la présence se dressait maintenant, plus forte dans la mort que dans la vie ; soudain précieuse, perdue et cependant jamais possédée –, Gerhard Jäger.

La jeune femme revint à l'hôtel, égarée et chancelante. Elle regarda son fiancé – comme il lui était étranger ! Elle aurait pu le haïr, en le voyant vivant et bien-portant. Ce fut avec difficulté qu'elle prononça les paroles nécessaires. Il voulut lui parler, la supplia de réfléchir encore, promit d'attendre. Elle se borna à hocher la tête et demanda à rester seule.

Les quelques jours passés avec Gerhard devinrent pour Annette un tourment et un secret. Elle sortit ses lettres et les lut jusqu'à ce que ses yeux se brouillent de larmes. Elle rendit visite à certains de ses camarades, les questionnant inlassablement au sujet de Gerhard. L'un d'eux avait beaucoup discuté avec lui, et le jour même de sa mort. Pour la première fois,

Annette entrevoyait la réalité de la guerre ; pour la première fois, elle entendait ce que Gerhard avait voulu lui dire la veille de son départ ; pour la première fois, elle comprenait ce qu'il désirait d'elle – un havre de paix, une flambée d'amour au milieu de tant de haine ; une étincelle d'humanité au milieu de la destruction ; de la chaleur, de la confiance, un appui ; la terre, une patrie, une passerelle pour revenir.

Annette devint la proie du remords, et de l'amour. Elle, pour qui ce n'avait été qu'une petite satisfaction de vanité, un futile désir d'extraordinaire, une amitié sans importance et un plaisir puéril ; elle, qui avait si vite oublié, qui s'en était à peine souvenue, se mit soudain à aimer – à aimer une ombre.

Annette se replia totalement sur elle-même. Ses amis tentèrent de discuter avec elle, de l'aider à se reprendre. Mais ce fut peine perdue. Si elle avait vécu avec un être humain, il aurait peut-être été possible de la libérer ; mais elle vivait avec un souvenir.

Elle devenait de plus en plus étrange, parlant souvent tout haut, seule dans sa chambre. Elle perdit rapidement son emploi. Elle adhéra à une petite secte qui organisait des séances de spiritisme, et crut voir Gerhard venir à elle. Les années passèrent ainsi… Un beau jour, elle cessa de vivre… En emportant, comme dernière vision, la croix noire projetée par le châssis de la fenêtre, dans la lumière du couchant.

Silence

On ne saurait dire où cela commence : mais soudain, les douces courbes de l'horizon s'altèrent ; les ardentes couleurs rouges et brunes des feuilles de la forêt prennent une teinte étrange, les champs s'étiolent et virent à d'autres tons ; une présence insolite, muette et blafarde, habite mystérieusement le paysage.

Ce sont les mêmes collines, les mêmes bois, les mêmes champs et les mêmes prairies qu'auparavant, la même campagne qu'à une heure de là ; la route blanche s'y déroule interminablement, et la lumière dorée de l'automne finissant se déverse sur la terre comme du vin doux – et pourtant, invisible, inaudible, une présence étrangère y a pénétré ; vaste, solennelle et puissante, elle plane brusquement sur toute chose.

Ce ne sont pas les croix qui apparaissent à chaque instant, grêles et noires au bord de la route. Rongées par les vents, lasses des nuages qui filent, elles dressent sur l'herbe leurs silhouettes de guingois – les croix de la guerre de 1870. Les jeunes arbres sveltes plantés près d'elles ont poussé depuis longtemps, et leurs grandes branches bruissent du gazouillis des oiseaux. Ces vieilles tranchées n'ont plus rien de macabre, c'est à peine si elles évoquent la mort à présent – pittoresques et charmantes, elles se fondent déjà dans le paysage fertile de la campagne.

Ce n'est pas le caractère particulier de cette belle et effrayante région, qui a toujours été un champ de bataille, et où pendant des siècles la guerre a déposé ses alluvions, comme les strates distinctes d'une roche, sédiment après sédiment, couche après couche, guerre après guerre, encore discernables aujourd'hui, depuis les combats des rois de France jusqu'aux tranchées de Mars-la-Tour et aux cimetières compacts de Douaumont.

Ce n'est pas davantage l'âme mystérieuse et double de cette terre, où les douces lignes bleues à l'horizon n'annoncent pas simplement des collines et des bois, mais des forts cachés ; les sommets arrondis qui les précèdent, non seulement des chaînes de coteaux, mais de puissantes hauteurs fortifiées ; où les vallées idylliques servent aussi de retranchements, vallées de la mort, points de jonction, approches de la bataille ; où les tertres, truffés de magasins et de tunnels, dissimulent des affûts en béton et des nids de mitrailleuses ; car tout y est devenu stratégie. Stratégie et tombeaux.

C'est le silence. L'horrible silence de Verdun. Le silence qui suit la bataille. Un silence sans pareil au monde ; car jusque-là, dans toutes les luttes, la nature avait fini par reprendre le dessus ; la vie renaissait de la destruction, les villes se reconstruisaient, les bois reverdissaient, et au bout de quelques mois, de nouveaux épis ondulaient dans les champs. Mais dans la dernière et la plus atroce des guerres, la destruction l'a emporté pour la première fois. Ici se dressaient des villages rasés à jamais ; des villages dont il ne reste plus une seule pierre. Le sol y est toujours si plein de mort menaçante, d'explosifs vivants, d'obus, de mines et de gaz toxiques, qu'à chaque coup de pioche ou de bêche, le danger guette. Ici s'élevaient des arbres qui n'ont jamais repoussé, parce que non seulement leurs cimes et leurs troncs, mais aussi leurs racines les plus profondes ont été arrachés, broyés, et réduits en miettes. Il y avait des champs où la charrue ne passera plus jamais parce qu'ils regorgent de semailles d'acier.

Dans les trous d'obus de cette terre criblée croît pourtant une herbe sauvage, blême, échevelée. Et sur leurs bords fleurissent aussi des coquelicots rouges et des camomilles, et parfois même voit-on un pauvre arbuste timide émerger du terrain en friche ; mais cette maigre végétation ne fait que renforcer l'impression de silence et de désolation. On dirait que là-bas, le fil des événements a été rompu, que le Temps s'est arrêté ; comme si, dans sa compassion, le Temps qui charrie avec lui le passé, mais aussi l'avenir, avait stoppé sa machine. Il n'existe pas de contrée comparable à celle-ci ; le désert est plus vivant, avec son silence organique.

Ce silence n'a pas son pareil au monde : c'est un prodigieux cri pétrifié. La tranquillité des cimetières, où parmi les vies consumées, il en repose peu d'ardentes et de jeunes, lui est entièrement étrangère ; ici, pour des centaines de milliers d'hommes, le feu qui animait le regard, la force qui permettait de respirer, de voir, d'esquiver et de combattre ont été brutalement anéantis ; ici, dans les soubresauts de l'autodéfense la plus acharnée, la Vie était convoitée, chérie, idolâtrée avec plus de passion, de fanatisme, de ferveur, de folie que jamais ; et au beau milieu de cette volonté éperdue et furieuse, de ce tourbillon d'activité, de tourment, d'espoirs, de soif de vivre, explosaient les grêles d'éclats et de balles. Alors, la chose la plus résistante et la plus fragile qui soit, la Vie, se vida de son sang, et la grande obscurité s'abattit sur huit cent mille hommes.

Au-dessus de ces champs semblent se dresser les années perdues, les années qui n'ont pas été et qui ne trouvent pas le repos – le cri de la jeunesse anéantie trop tôt, fauchée en pleine course. La nuit, ces jeunes hommes doivent jaillir de terre, comme de fantomatiques flammes bleues.

Des hauteurs souffle un vent de plomb qui se mêle à la lumière automnale, incandescente et dorée. Des hauteurs tombe ce silence qui rend les plus belles journées blafardes et sans vie ; le soleil semble s'être voilé comme sur le Golgotha. Des hauteurs, s'égrènent des noms et des souvenirs. Vaux, Thiaumont, Belleville, Terre-Froide, Vallée de la Mort, Cote 304, Mort-Homme – quels noms ! Quatre années durant, ces noms ont retenti de la gigantesque clameur de la mort ; aujourd'hui, dans l'infinité de leur silence, ils vous prennent à la gorge. Les groupes de Thomas Cook, les excursions d'un jour à prix modique, avec des visiteurs explorant les abris à la lumière romantique de la lampe à acétylène, n'y peuvent rien changer. Cette terre appartient aux morts.

Mais sur ce sol implacablement labouré par les obus de tous calibres, dans ce paysage d'horreurs figées, dans cette étendue de cratères, vivent des hommes. On les voit à peine, tant ils se sont peu à peu fondus dans le décor. Leurs vêtements sont jaune et gris, salis par leur labeur. On les compte par centaines ou par milliers, mais ils travaillent seuls, et si dispersés qu'on croirait une poignée d'industrieuses fourmis dans le creux des cratères. Ils vivent dans leur monde, restant souvent des mois entiers dans leurs baraquements noirs, et viennent rarement dans les villages. Ce sont les récupérateurs.

Les champs de bataille sont devenus l'objet d'une exploitation commerciale. Un entrepreneur obtient du gouvernement le permis de récupérer le métal utilisable. C'est à quoi il emploie les récupérateurs, qui s'efforcent de dénicher du métal sous toutes ses formes, vieux fusils, obus non éclatés, rails, bobines de fil de fer, bêches ; ces champs remplis de souvenirs, de silence et de douleur sont pour eux des mines de fer, d'acier et de cuivre. Le cuivre est particulièrement apprécié : c'est ce qui rapporte le plus.

Presque tous les ramasseurs sont russes. Le silence les a rendus silencieux. Ils restent entre eux. Personne ne veut de leur compagnie ; le gouvernement a beau accorder des milliers de permis, les gens trouvent que ce n'est pas bien. Cette terre contient des millions de francs en métal ; et aussi les larmes, le sang et le martyre de millions d'hommes.

C'est une activité rentable, et beaucoup de ramasseurs parviennent rapidement à s'acheter des automobiles. Pendant des années entières, l'artillerie a veillé à ne pas manquer de provisions. La première récolte hâtive et superficielle est terminée, et il faut désormais creuser pour atteindre la prochaine couche de trésor enfoui. Le sol est dur, et les ouvriers travaillent déjà depuis une semaine sur un puits de deux mètres carrés. Il devient indispensable de détecter les meilleurs emplacements. Cela demande de l'expérience.

Généralement, on sonde le terrain à l'aide de longues pointes qu'on enfonce dans le sol.

On peut tomber sur un brodequin qui offre de la résistance ; car les brodequins des morts se conservent bien là-dessous. Mais un ramasseur le devine ; il a de l'entraînement. En principe, il sait d'emblée si la fouille sera rentable ou non. S'il trouve un casque d'acier, parfait ; c'est un bon indice.

Certains vieux récupérateurs chevronnés ne creusent qu'à côté d'un buisson. Ils pensent y trouver des tranchées enfouies remplies de cadavres – sinon les arbrisseaux ne seraient pas aussi touffus. Et les tranchées contiennent toutes sortes d'objets métalliques.

Un chanceux peut tomber sur une mitrailleuse, voire une petite décharge. Alors, bien sûr, ce sont quelques milliers de francs de gagnés d'un coup. Les hommes parlent encore de la découverte d'un avion allemand. Sur le siège du pilote, le squelette accroupi tenait entre ses jambes une boîte renfermant 15 000 marks-or.

C'est partout le même spectacle. La terre est d'abord ameublie et bêchée, puis retournée à la main. Des grenades allemandes à longs manches, et une gamelle apparaissent. Elles suscitent peu d'intérêt. En revanche, un canon de fusil, tordu et corrodé, rejoint le tas de fer rouillé déjà recueilli. Un casque – puis un lambeau de tissu pâle, humide, vert-de-gris, élimé, déjà à moitié transformé en glaise, un crâne, encore garni de cheveux, des cheveux blonds, un crâne au front fracassé. Le récupérateur le met dans une petite boîte derrière lui. Du lambeau miteux d'un vert sale, qu'il vide d'une secousse, sortent des os bruns et tachés. Il en extrait encore des brodequins. Tout est rangé dans la boîte, pour être envoyé le soir au dépôt central d'identification. Un porte-monnaie décomposé, avec quelques pièces noircies, reste là. Ainsi que les vestiges d'un carnet, pourris. Mais à présent la bêche tinte à nouveau contre du métal, des pieux de fer et des bobines de fil métallique apparaissent – bonne trouvaille.

C'est toujours le même spectacle, cent fois, mille fois : dans le soleil automnal gît un soldat ; quelques loques pourries, des os, un crâne, des restes d'équipement avec une boucle maculée de rouille et une cartouchière. Lui aussi aurait bien aimé être encore en vie.

Certains ramasseurs croient pouvoir distinguer un crâne allemand d'un français d'après la forme de la mâchoire. Et il faut que les os soient rapportés au dépôt central le soir même, sinon les renards les mangeraient dans la matinée. Bizarre – ici, les renards mangent des os. Ils n'ont probablement pas d'autre moyen de se nourrir. Pourtant, les renards ne manquent pas dans la région.

Les récupérateurs, accroupis dans leurs innombrables trous, creusent comme des taupes. Les os qu'ils trouvent sont effectivement identifiés, rassemblés dans des cimetières, des mausolées, d'énormes cercueils de pierre. Il aurait peut-être mieux valu laisser ces soldats là où ils reposaient en camarades, depuis dix ou douze ans.

Et il semble que telle soit leur volonté. Que la terre elle-même veille sur eux, et les défende contre les mains qui les fouillent en quête de métal ou d'argent. Car aux côtés des soldats morts dorment leurs armes. Et ces armes gardent souvent le pouvoir de frapper.

Un coup de pioche suffit. Un mouvement brusque avec la bêche, et le sol explose dans un grondement sourd, les éclats volent, et la mort aux mains prestes sort de terre pour faucher le ramasseur. Beaucoup ont déjà été déchiquetés ou mutilés, et chaque semaine de nouvelles victimes les rejoignent. La mort, qui a d'abord pris les soldats, veille maintenant sur leurs tombes, et la terre les retient comme s'ils ne devaient pas reposer dans de splendides mausolées, mais demeurer là où ils sont tombés.

Et sur ce vaste linceul, devant le martyre enchâssé dans ces horizons, le Temps s'est arrêté ; sur ce vaste linceul planent le silence, la douleur et le souvenir.

Table

PAPIER À BASE DE FIBRES CERTIFIÉES

Le Livre de Poche s'engage pour l'environnement en réduisant l'empreinte carbone de ses livres. Celle de cet exemplaire est de :
200 g éq. CO_2
Rendez-vous sur www.livredepoche-durable.fr

Composition réalisée par DATAGRAFIX

Achevé d'imprimer en septembre 2013 en Espagne par
BLACK PRINT CPI IBERICA
Sant Andreu de la Barca (Barcelona)
Dépôt légal 1re publication : octobre 2013
LIBRAIRIE GÉNÉRALE FRANÇAISE – 31, rue de Fleurus – 75278 Paris Cedex 06

31/7742/5